Für meine Heimat Ägypten
und seine Mädchen

Baobab heißt der Affenbrotbaum, in dessen Schatten sich die Menschen Geschichten erzählen. Baobab heißt auch das Buchprogramm, in dem Bilderbücher, Kindergeschichten und Jugendromane aus aller Welt in deutscher Übersetzung erscheinen. Herausgegeben wird es von Baobab Books, der Fachstelle zur Förderung kultureller Vielfalt in der Kinder- und Jugendliteratur.
Informationen zu unserem Gesamtprogramm und unseren Projekten finden Sie unter: www.baobabbooks.ch

Baobab Books dankt terre des hommes schweiz und zahlreichen weiteren Geldgebern, insbesondere dem Bundesamt für Kultur, das den Verlag mit einem Förderbeitrag unterstützt.

Maimun

Text und Illustration: Sahar Abdallah
Übersetzung aus dem Arabischen: Larissa Bender
Lektorat: Sonja Matheson
Satz: Schön & Berger, Zürich
Druck: Graphisches Centrum Cuno GmbH & Co KG, D-Calbe
ISBN 978-3-907277-27-0

Originalausgabe

Sahar Abdallah

MAIMUN

Ein Bilderbuch aus Ägypten

Aus dem Arabischen von Larissa Bender

BAOBAB BOOKS

Die Häuser in diesem Stadtviertel stehen dicht beieinander.
Sie sind aus Ziegeln gebaut und sehen aus wie Würfel mit Fenstern und Türen. Die Gassen zwischen den Häusern sind schmal und stets voller Menschen.
In einem dieser Häuser wohnt das Mädchen Tuha. Ihr Vater verdient sein Geld als Gaukler in den Straßen Kairos. Zur Familie gehört auch der Affe Maimun. Tuha hat diesen Namen ausgewählt, er bedeutet »glücklicher Affe«. Wenn Tuha ihm ins Gesicht schaut, muss sie lächeln. Bestimmt bringt Maimun der Familie Glück!
Tuha und Maimun sind unzertrennlich. Und die beiden sind auch mit dabei, wenn der Vater in der Stadt mit seinem Tamburin aufspielt.

وقال:
وفد إلى مصر
عليهم كيس دنانير
فأخرج
والجزر
هذا نسبي
مع ما هو
بين
والمثقف،
القاهر
والأدب
هو ما أوحى

Zum Frühstück wird der Tisch mit einer alten Zeitung bedeckt. Es gibt Dicke Bohnen, ein paar Falafelbällchen, Salatblätter und etwas Brot.
Maimun sitzt neben Tuha, öffnet die Bohnen und steckt sich die Kerne ins Maul. Tuhas Vater bereitet den Tee mit Milch zu. Während der Löffel gegen das Teeglas schlägt, blickt Tuha auf ein Foto in der Zeitung. Es zeigt eine Figur aus der Zeit der Pharaonen: Einen kleinen Affen, der auf einer Harfe spielt. Tuha schaut zu Maimun und sagt: »Ich glaube, Affen spielen und tanzen schon seit ganz alten Zeiten!«

Dann machen sich die drei auf den Weg. Mit Maimun an ihrer Seite gehen Tuha und ihr Vater durch die engen Gassen ihres Viertels, bis sie zu einer Straße gelangen. Diese führt zu einer größeren und dann zu einer noch größeren Straße. Schließlich kommen sie zu einem Platz, auf dem sich bereits viele andere Gaukler tummeln. Einer tritt als Clown auf. Und auch der Mann mit den Kasperlepuppen ist da. Die um ihn herum versammelten Kinder können gar nicht aufhören zu lachen, wenn der Kasperle, seine Frau und der Polizist miteinander streiten. Einige Kinder fliegen mit Schaukeln in den Himmel und schauen von oben auf die Menschen hinab.

Der Vater schlägt das Tamburin an und singt. Tuha tanzt im Takt und auch Maimun wiegt sich zur Musik. Wenn er dann das Dreirad besteigt, klatschen die Zuschauer in die Hände.

Irgendwann ist es Zeit für eine Pause. Ein Tablett mit Essen wird herumgereicht, jemand bringt eine Kanne mit frischem Pfefferminztee.
Dann machen sich die Gaukler und die Schausteller wieder an die Arbeit. Aber so kunstvoll ihre Nummern auch sind, mit dem Verdienst ist es wie bei den Fischern auf dem Meer: »Mal kehren sie mit Fischen beladen nach Hause zurück, mal bleibt das Netz leer«, sagt Tuhas Vater.

Tuha entgeht nicht, dass der Vater
immer nachdenklicher wird.
Eines Tages verlässt er das Haus für
Besorgungen und kommt mit einem
Esel wieder heim.
Als er versucht, dem Esel ein paar
Kunststücke beizubringen, iaht der bloß.
Dann hüpft Maimun auf den Rücken
des Esels und Tuha schlägt Purzelbäume
um die beiden herum.

Am nächsten Morgen ziehen sie zu viert los. Sie kommen an alten Gebäuden vorbei, die hoch in den Himmel ragen, an Brunnen, die mit Mustern von Pflanzen und Tieren reich verziert sind, an Minaretten, die die Wolken am Himmel kitzeln, und an Kirchtürmen, deren Glockenschlag in Tuha nachhallt. Sie begegnen einem Mann aus Stein, der mit einem Speer in der Hand auf einem Pferd reitet. Er rettet gerade ein Kind vor einem furchterregenden Drachen.

Beim Markt steigt Tuha der Duft von Weihrauch in die Nase. Verkäufer preisen ihre Waren an und rufen: »Kostet fast nichts, kommt einfach her und schaut!« Kinder spielen Verstecken, ihr Lachen steigt in die Höhe, Hunde bellen, und aus Lautsprechern scheppern die Stimmen der Obst- und Gemüseverkäufer.

Für den kommenden Feiertag studieren Tuha und der Vater eine neue Nummer ein. An diesem Tag wird überall in der Stadt Musik gespielt und getanzt. Doch obwohl viele Zuschauer um sie herum stehen, werden die Münzen in den Taschen von Tuhas Vater einfach nicht mehr. Als er sie später zu Hause zählt, murmelt er vor sich hin: »Manchen Menschen ist einfach kein Glück beschieden.«

Kurze Zeit später geht der Vater frühmorgens
mit dem Esel aus dem Haus. Als er zurückkommt,
zieht der Esel einen Karren hinter sich her.
Darauf liegen ein paar Orangen. Der Vater sagt:
»Die verkaufe ich auf dem Markt.«
Tuha rollen stille Tränen über die Wangen. Wie kann
ihr Vater bloß seinen schönen Beruf aufgeben?!

Aber damit nicht genug. Der Vater sagt, dass sie den Affen fortschicken müssten, da das Geld nicht für alle reiche.
Tuha ist verzweifelt, ein Leben ohne Maimun kann sie sich nicht vorstellen. Sie denkt nach, und denkt und denkt.
Schließlich holt sie drei Orangen vom Karren und wirft Maimun eine nach der anderen zu …
Als der Vater abends vom Markt heimkehrt, führen Tuha und Maimun ihm ein Kunststück vor: Maimun jongliert mit den Orangen! Der Vater lacht und klatscht in die Hände. Tuha fragt: »Dürfen wir morgen mit auf den Markt kommen?«

Und so ziehen die vier am nächsten Morgen wieder gemeinsam los: Tuha, Maimun, der Esel und der Vater. Auf dem Markt springt Maimun auf den Rücken des Esels, und als dieser iaht, wirft Tuha dem Affen drei Orangen zu. Maimun fängt sie auf und wirft eine nach der anderen in die Luft, lässt sie über seine Arme rollen ... wirft sie wieder hoch ... und fängt sie hüpfend auf.

Es dauert nicht lang, bis sie von einer Menschenschar umringt sind. Die Zuschauer sind begeistert und klatschen in die Hände.
Und sieh an, im Nu ist das ganze Obst vom Karren verkauft!
Der Vater lacht und Tuha singt:
»Orange Orangen, leuchtend und frisch ...
Geh und ruf Aziz!
Orange Orangen, leuchtend und frisch ...
Koste ihren Saft so süß!«

Dann springt Maimun auf Tuhas Schulter, wie er es immer tut, und das Quartett macht sich auf den Heimweg.

Tuha und Maimun sind wahrlich ein unzertrennliches Paar …

Nachwort der Autorin

Bei einem Besuch in Basel im Jahr 2023 besuchte ich das Antikenmuseum und schaute mir die ägyptische Sammlung mit großem Interesse an. Unter vielen anderen Objekten entdeckte ich die kleine Skulptur eines Harfe spielenden Affen. Ich war fasziniert und kam ins Nachdenken.

Der Affe war im alten Ägypten ein heiliges Tier und stand den Menschen sehr nahe. Er hatte seinen festen Platz im Alltag der Familien, war bei der Ernte dabei und spielte auch bei musikalischen Darbietungen eine wichtige Rolle.

Als ich die Skulptur im Glaskasten des Museums betrachtete, erinnerte ich mich an alte Bilder und Filme, die zeigten, wie einst Menschen in Kairo durch die Straßen zogen und die Trommel schlugen, während ein Affe dazu tanzte. Nach der Vorführung wurde die Trommel umgedreht, um beim Publikum Geld einzusammeln.

Mir wurde mit einem Mal bewusst, dass man heute in Kairo kaum mehr Gaukler antrifft, und ich fragte mich, wo die Menschen, die einst auf den Straßen aufgespielt hatten, heute wohl sind.

Auch sonst haben sich seit meiner Kindheit viele Dinge in Ägypten verändert. Ich wünsche mir, dass etwas vom früheren Ägypten – oder Bahia, wie wir unser Land nennen – erhalten bleibt. Jenem Land, in dem viele Kulturen friedlich miteinander leben und sich gegenseitig bereichern.

Die vielfältige ägyptische Volkskunst sowie die Kunst des alten Ägyptens waren bei der Arbeit an diesem Buch Quellen meiner Inspiration. Mit der Geschichte von Tuha und Maimun möchte ich Kindern Mut machen, wie die Heldin dieser Geschichte ihren eigenen Weg zu gehen und Möglichkeiten zu suchen, anderen Menschen eine Freude zu bereiten.

Sahar Abdallah, Juli 2024